CW00430182

ISBN : 978-2-7470-3209-4

Texte et illustrations : Christian Voltz
Dépôt légal : septembre 2010
Imprimé en Chine - 4e édition
Loi 49-956 du 16 juillet 1949
sur les publications destinées à la jeunesse

Christian Voltz

Dis papa, pourquoi ?

bayard jeunesse

– Dis Papa, pourquoi
on ne prend pas la voiture
pour aller au jardin
de Papi ?

– Parce que ce n’est pas loin,
mon bonhomme !

Et puis, à vélo,
on avance
avec les oiseaux !

– Dis Papa, pourquoi il y a plein de mauvaises herbes devant son jardin, à Papi ?

– Ce ne sont pas des mauvaises herbes.
Ce sont les maisons des papillons…

– Hééé Papa !
Pourquoi les pucerons
mangent les salades ?

– Parce que les salades,
c'est bon !
Mais on va mettre
des coccinelles.
Elles adorent croquer
les pucerons !

– Papa !
Pourquoi on n'arrose pas
avec le tuyau d'arrosage ?

– Parce qu'on n'a pas besoin de tant d'eau.

Et puis,
avec l'arrosoir,
les fourmis peuvent
prendre
une douche !

– Papa, pourquoi il n’y a pas de pommes sur mon pommier ?

– Parce qu'il pousse tout doucement.

– Mais Papa, pourquoi ?

– Mais Poussin, parce que ton pommier est tout jeune… comme toi !

Des pommes,
il en aura plus tard.
Et toi, tu seras alors
un grand gaillard !

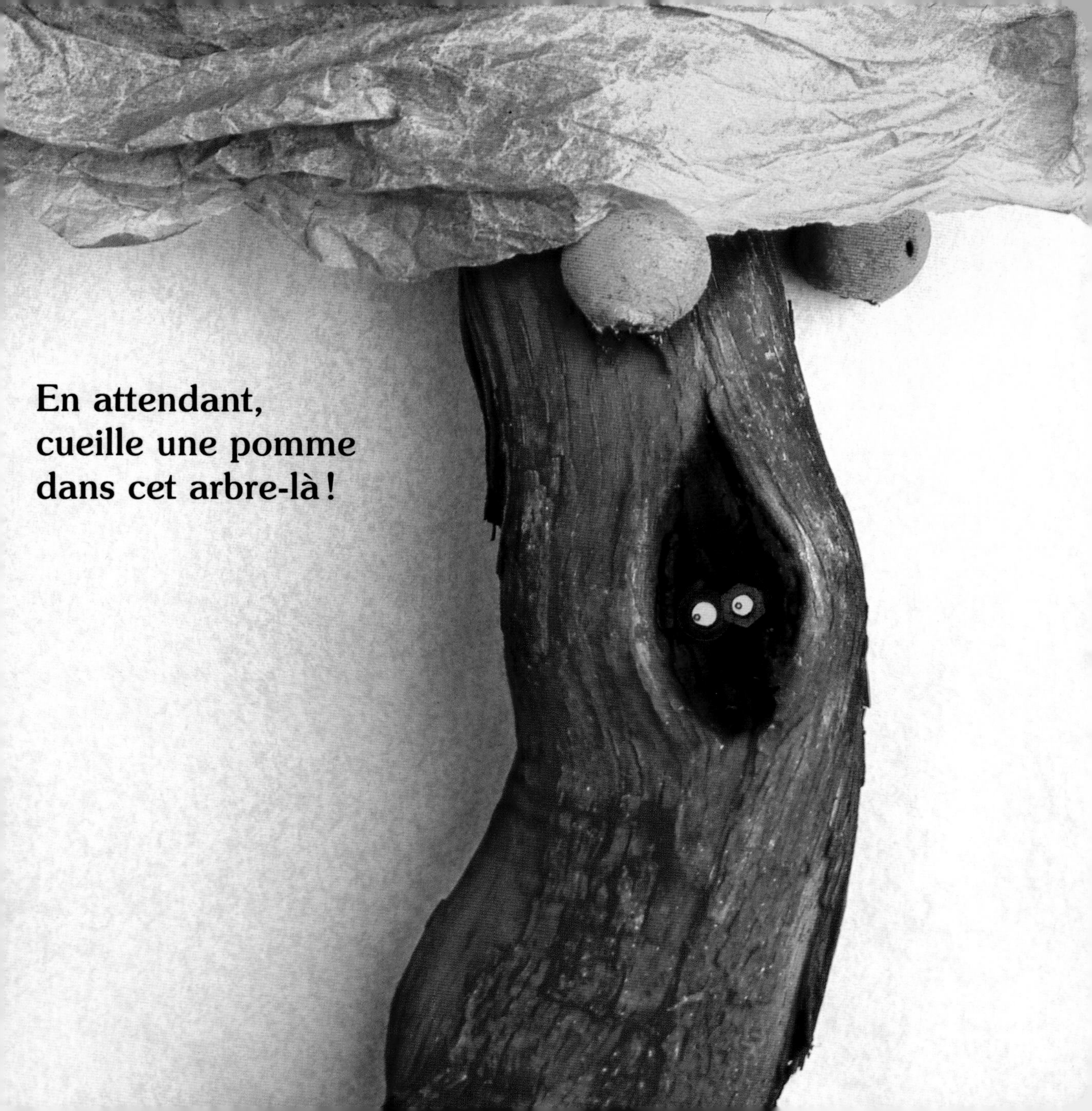
En attendant,
cueille une pomme
dans cet arbre-là !

Papi l’a planté
il y a très longtemps…
… pour moi !

– Et pour moi !
– Et pour moi !
Hi hi !

– Alors ?
Ta pomme,
elle est bonne ?

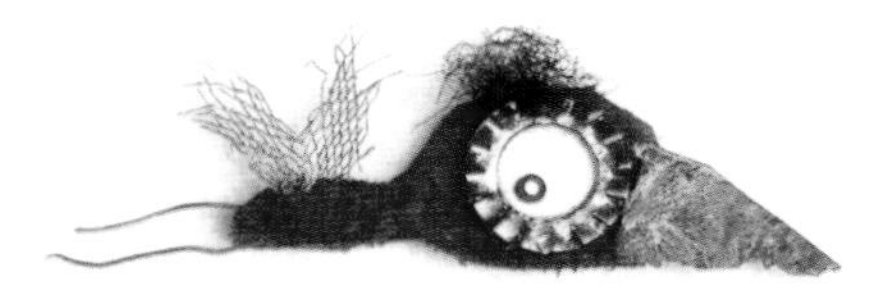

**– Dis Papa,
pourquoi
tu poses toujours
des questions ?!**

Dans la collection Les Belles HISTOIRES des tout-petits

G. Bigot • J. Goffin

J. Dalrymple

C. Clément • O. Latyk

S. Poillevé • N. Rouvière

R. Gouichoux • C. Proteaux

S. Poillevé • É. Battut

É. Battut

É. Reberg • J. Goffin

R. Gouichoux • G. Spee

J. Ashbé

J.F. Rosell • B. Giacobbe

C. Voltz

É. Battut

G.Bigot • M.L. Gaudrat

M.A. Gaudrat • D. Parkins

G. Bigot • M.L. Gaudrat